万華鏡

Mangekyo

堀井勉詩集

Horii Tsutomu
Collection of poems

新葉館出版

万華鏡 ◇ 目次

I

万華鏡

I

桑の実

生き物がいる気配に
顔を上げたら
桑の木の上で
枝を揺らしながら
雉鳩《きじばと》が桑の実を食べている
桑畑の桑と違い自生の桑は
四方に枝を広げているのだ
洞《ほら》が見え隠れする桑の木の根元に
髪切虫を見つけたが

今は桑の葉を摘み
蚕《かいこ》を飼う子供達はいない

腕白盛りが我先に
口に入れた桑の実も
コンビニで好きなものが
何でも買える今は
見向きもされない

先程より激しく枝が揺れ
枝の先まで身を乗り出して
雉鳩が旨そうに
桑の実を食べている

忍者もどき

いつもは早起きのキジバトの鳴き声で
目が覚めるが
今朝　電線に止まっているのは
キジバトではなく巨大なタイワンリスだ

昼間は褐色だが
今は薄暗い空を背景に真っ黒な姿
見ていると電線の上を歩き始めた
それは背をかがめ
音を立てずに忍び寄る黒装束の忍者のようだ

黒いふわふわした綿菓子のような尾を揺らしながら
電線の上を滑るように走る
その速いこと速いこと
建物の壁も難無く上り下りしながら
バルコニーで一休み
窓の閉まった部屋の中を覗き見しながら
建物の裏へと消えた

一分足らずで終わった忍者もどきの寸劇を
私のほかには誰も知らない
嫌われ者のタイワンリスの軽業の片鱗を
嫌という程見せつけられたが
何故か憎めない

百鬼夜行

はこべも
犬ふぐりも　仏の座も
白や青や赤紫の小さな花をつけ
巡る季節は
手鞠のように弾んでいるのに
人の世は百鬼夜行

ひと切れのパンを盗み
十九年の刑を科せられた
ジャン・ヴァルジャンの話など

絵空事と片付けられてしまう
悪事の数々

いま　星の王子さまが
日本に足を踏み入れたら
どんなに嘆き悲しむことか

空しい　空しい
性懲りもなく
地獄草紙を笑い飛ばす獣たち

春の日に

気になっていた和室の畳替えをした
部屋にきちんと納まった青畳
さらさらした藺草《いぐさ》の感触
例えようもなく軽やかで
よごれた足で歩いては罰《ばち》が当たる気がする

序《つい》でに
掛け替えた床の間の掛け軸
春らしく桜の枝に雀が一羽くつろいでいる

引っ越しの時も
建て替えの時も
何よりも大切に扱ってきた仏壇
わが家では私が生まれる前からあった
一番古い光りもの

和室の仏壇の前に坐ると
亡くなった父母《ちちはは》の後ろ姿が
彷彿《ほうふつ》し　自然に掌を合わせたくなる

春彼岸お中日

正午をやや過ぎた頃
法会を終えた家族連れが
塔婆を抱え
ぞろぞろ　ぞろぞろ
高台にある寺の石段を下りて来る

仰ぐ視野
手に携えた花束が顔を覗かす

「暑さ寒さも彼岸まで」とは

よく言ったもの
ポカポカ陽気の墓所に会話が飛び交う
ほころぶ顔の近くで
着メロが鳴った

ここ西浦賀の東福寺は
わたしの家の菩提寺
墓地からは
黒船が現れた浦賀水道が見える
その騒ぎは幕末のこと

目を遣ると
名残のような渡し船が
浦賀湊を対岸目がけて過ぎて行く

マイナスイオン

一輪車が空を飛んでいる
子供がクルクル回っている
そんな空は
何処までも深いスカイ・ブルー
　スカイ・ブルー

珊瑚礁の中
差し出す両手に寄ってくる魚
そんな海は
何処までも澄んだコバルト・ブルー

コバルト・ブルー

オカリナの音色が木々のグリーンを吸い上げ
マイナスイオン溢れる森
木漏れ日の中
わたしの影も帯状になり揺れている

散策に出て
森のシャワーを浴びた体は
森の匂いがして調子いい
息を吐くと森の匂いが広がる

痛む

とっぷりと夏の日が暮れ
一箇所だけシャッターを下ろさず
開けておいた網戸の向こうに
何か動くものが見えた
ソファーから立ち上がり網戸を開けると
アライグマだ

食物を水で洗って食べる習性から
その名が付いたと辞書に出ているが
そんな仕草で近づいてきたので

一喝すると背を向けて
山道の榧《かや》の大木の茂みの中へと姿を消した
尖った耳と鋭い目
それに縞模様の長い尾が印象的だ

天井裏にアライグマが住み着き
生まれた子供を大金を払い
処置してもらったという話を聞いたが
元来日本には棲息していない外来種
お前も被害者だと思うと心が痛む

共存

気づいたら障子の向こう
何やら黒い影が行ったり来たり
血が通う気配に
和室の窓　開けて覗いてみると
芙蓉《ふよう》の木にヒヨドリの巣が

重なり合う大きな葉
適度な光と影の中の隠れ家
余程　子育てに適していたのだろう

くわえてきた長い餌
食いちぎって開けた口に
落とし込む親鳥
声高に巣から伸びをして
餌ねだる三羽の雛たち

巣立ち迄の忙しないドラマが
消えて　半年
裸木にかかる虚ろな巣の向こう
十階建てマンションの大時計が見える

自然体

高温・多照の真夏日続きで
茄子やトマトや胡瓜は
葉を下げてぐったりしているが
囲いのように畑に茂る　イヌタデ
クワクサ　カナムグラ
ヨナメ　メヒシバ　ヤブガラシ……

ひ弱になったヒト科と違い
日傘もささず　帽子も被らず
耐えているな

蜂もバッタも　みんな仲間に受け入れて
それぞれに
ふさわしい名が付いているが
敢えて言わせてもらうなら
雑草という草花
いさぎよいな
自然体で　みんな命を謳歌している

乱舞

十月も終わりの風の強い日
自宅の庭の
あちらこちらで
花を咲かせていた薊《あざみ》の絮《わた》が
風に吹かれて束の間の旅をする

部屋が絮だらけになると困るので
網戸を閉めておくと
網戸の網に絮が絡んでひと休みする
ツーンと十センチ程移動したと思ったら

また立ち止まる
白い足を生やした丸い虫のように

危なっかしい存在が
風に耐えられなくなって地上に落ちる
太い茎が風に揺れると一斉に絮の乱舞だ
藪には烏瓜が五つ
いい構図で朱の実を付けている
あと二か月でことしも終わる

秋短章

銀の雨に
芒《すすき》が少しずつ溶け出した秋
トンガリ帽子の猫じゃらしが
風に揺れ
赤のまんま　秋あざみ　露草が
畑を囲む

一週間前に六十センチも
深掘りして
蒔いた青首大根が

もう双葉を出している
葉のない事が
どこか謎めく
土手の曼珠沙華に
彼岸の世界を想う

昨夜の台風が抜け
今日は朝から満腹感の秋晴れ
留学をしている娘のこと
案じながら
エアメールを出しに行く

無くなる

埋蔵文化財の調査が終わり
宅地造成の許可が下ろされた崖地に
トラックからショベルカーが下ろされる
大きな口の先に突き出た鋭い牙が
崖をめがけて襲いかかり
根こそぎ山を裸にして行く

夏には緑の斜面に
オレンジ色の花を覗かせていた藪萱草《やぶかんぞう》も
秋の彼岸が近づくと

緋《ひ》を燃え立たせた曼珠沙華も
棘のある葉に虫たちが群がり
大きな穴をあけられた野薊《のあざみ》も
地中深く息づいていた幼虫も
残らず死に絶えて山が裸にされて行く

平らになった地べたからは
此処が元はどんな姿をしていたか
余所《よそ》者には分からない
無くなるという事はこういう事なのだ

長い首を伸ばし我が物顔で旋回し
屈伸運動を終えた恐竜が
誇らしげに崖の中腹に立っている

蝸牛《かたつむり》

カタツムリは漢字表記で蝸牛《かぎゅう》と書く
上の蝸《か》の字は虫偏だ
虫をさんずいに替えると
渦潮や渦巻の渦になる
下の字は牛と書く
牛には角があるが蝸牛にも角がある
蝸牛の顔をしみじみ見ると
本当に牛そっくりだ
うまく漢字を当てたなと思う

家の外にある蛇口の側《そば》で
生まれて間もない蝸牛の赤ちゃんを
見つけたことがある
思わず「はや動く豆粒ほどの蝸牛」
という一句が生まれた
雨に濡れた傘を傘立から出して
干そうとしたら傘に蝸牛が貼り付いていた
思わず「傘立の昨夜の傘に蝸牛」
という一句が生まれた

運よく車に轢かれずに
道路を這っている蝸牛に出合うと
生け垣の中へ逃がすことがよくあったが
その蝸牛を見なくなった

手の平に蝸牛をのせ
「でんでん虫」の歌を唄っていた子供の姿も
見なくなった
〈童謡を追い出し街が肥大する〉

長梅雨

昨日は北海道の形をしていたが
今日は琵琶湖の形の水溜まり
何処から出てきたのか
　なめくじが二匹
ブロック塀に〈い〉の字を書いている

歓　声

わあ！と声を上げ
飛行機雲を目で撫でる秋空
眼下の母校から響く
運動会の歓声

秋

彼岸花が燃え立つ山道
背後に感じた黒い影
振り向くと頭上を
黒揚羽が越えていった

朝のひととき

裏山の藪の辺りで
コジュケイが鳴いた
少し間を置いてウグイスの声
嫌われ者のヒヨドリが
小さな実をつけた桜ん坊の木で
不快音を発して叫ぶ
キジバトが庭に現れ
スズメがスキップを見せる

好日

野ばらの匂いが零《こぼ》れ
桑の実が熟した山際の畑で
鍬を振る
時々
流れる雲に目を遣り
また　鍬を振る

栗鼠《りす》と雀

子どもの栗鼠が
小走りに坂道を下りて来る
跳びはねた雀が
怪訝《けげん》な顔で栗鼠を見ている

爛漫

こんな気持ちのいい日は
風も浮かれているのだろう
草花の周りを回って
小綬鶏《こじゅけい》の声
うぐいすの声

星座

形が楽器の鼓《つづみ》に似ているところから
「つづみ星」とも呼ばれているオリオン座

大熊座に席借りて
背伸びしている北斗七星
ひしゃくの口の上の
二つの星を結び
その間隔の五倍延ばすと
〝あった〟
小熊座の中に北極星が

横浜でも南の外れの金沢八景
それも灯火管制の空の下では
理科の時間に習ったこれら三つの星座は
すぐに見つけられた

もっと北の北海道へ
更には北極点へ行って
北極星を真上に眺められたらと思ったのも
その時だった

星座の観察はプラネタリウムの椅子に
のけぞり疑似体験するものではない
吸い込まれそうな闇の中で

自分の目で確かめながら観察するものだ
星明かりではない街明かりで
星座が見づらくなって久しい
旅で満天の星に出会うと
〝あった〟の
友達の声が耳に響く

II

一九九八年師走

めざせ優勝がんばれ！
横浜ベイスターズの垂れ幕が
38年ぶりの〝優勝おめでとう〟に変わり
ハマの商店街やデパート売り場が
　〝優勝記念セール〟で
沸き立ち　賑わってから二か月

ショーウインドーは
クリスマスカラーで彩られ
瞬き　燃える振り子の中を

連鎖のように人が行き交い
街は一気に師走の音で回り始める

半世紀余も続いている
平和のゆとり故なのか
バブルが弾け
日ごとに伝えられる不況の中でも
時間になると
横浜そごうの歌時計の前には
人が集まり
飛び出す世界の人形たちに
ハートを重ね
うっとり
にっこり　願いをふくらます

ちょっと失礼

江戸時代に流行した富くじは
古典落語の「富久」や「宿屋の富」で
知られているが
その噺をリアルに演じる喜怒哀楽は
パソコンやケータイの顔文字では表せない

友人の個展を鑑賞した帰り道
宝くじ売り場の前を通ると
首に金色の鈴を付けた白い招き猫が
上下に左手を動かしながら

客を招いている
立ち止まると
お客さんが窓越しに何やら話をしている

「この前ここでジャンボを買ったら
一万円が当たったんだ
ベッピンだったから覚えているが
確かあの時のお姉さんだったなあ
俺　イケメンでなくて悪いが
お姉さんと握手をしたいなあ…」

すると　窓口の奥から
しなやかな白い手が伸びてきた

東都川柳長屋連寄り合い

「東都川柳長屋連寄り合い」霜月の課題は
「貴重」「クレーム」「美化」「妖怪」「利口」
課題の頭文字を並べると「菊日和」になる
その中でわたしの選は「妖怪」だ

妖怪人間ベムを詠んだ句はゼロ
ダントツは境港の妖怪だ
ガングロのギャル　ホステスの妖怪
永田町の妖怪やら句材には事を欠かない
厳しい選を経て残った入選句を披講する

句座は爆笑の渦
いよいよ天位の句の披講
「誘われたベッドで首が伸びてきた　英一」
どかっと笑いが起こる

長屋には店子から選ばれた大家がいて差配がいる
毎月の寄り合いの会場取りは月番の仕事
御馳走食べて一杯やりながらの句座はなごやか
その女人禁制の長屋に
女性の店子が八名も入居した
いずれも達吟家ばかり
今　庶民の文芸　川柳が元気よい

妖怪と言えば

朝ドラ「ウェルかめ」が終わり
今日から「ゲゲゲの女房」が始まった

59　万華鏡

ある映像

サーカスの虎が逃げ出した
檻のカギを閉め忘れたのか
それとも　故意に逃がしたのか
二頭はすぐに捕獲されたが
一頭は宅地の中を逃げ回る

獣医が虎に近づき
麻酔弾　撃ったが
　瞬間

虎は振り向きざまに獣医を襲う
　間一髪　助けようと
警官が狙った弾が獣医に命中
獣医も命を落としたという

寒々とした雪景色の中の
ポーランド　ワルシャワの
出来事だが
こんなニュースの映像が
お茶の間に流れるたびに
人間の都合で殺された
痛ましい命の終焉を思う

ひまわりのタネ

買い物のついでに宝くじを購入したら
「ひまわりのタネ」をくれた
このタネは近くの神社で
当選祈願をしたものだという

たった三粒の黒いタネだが
その気配りがうれしい

ひまわりと言えば
ゴッホのひまわりの絵やひまわりの迷路が

浮かんでくる
わが子が小学生の頃
窓辺に植えたひまわりに
出がらしのお茶を与えていたら
たちまち
子供が見上げる背丈に育ち
大きな花を咲かせてくれたことがある

か細い茎に小さな花は
ひまわりに似合わない

袋に「タネを蒔くのは四月中旬頃」と
記されているが
この夏が今から待ち遠しい

楽屋

〝四万六千日お暑い盛りでございます〟の
名台詞《ぜりふ》で始まる古典落語「船徳」
その日を再現したような真夏の楽屋
口を尖らせ　かん高い声で〝暑いね暑いね〟を
連発しながら扇子《かぜ》を煽っていた
黒門町の師匠こと「八代目桂文楽」

剣道範士七段の姿勢のままで楽屋へ入り
私服から着物への着替え
足袋のこはぜを掛ける仕草

その一部始終が芸になっていた
人間国宝「五代目柳家小さん」

後に政治家になった毒舌の漫才師
コロンビア・トップ・ライトのトップさんが
眼鏡を外すと〝待ってました〟とばかり
眼鏡を受け取り無言でレンズを
拭いていた角刈りのお弟子さん

楽屋には様々な人間臭いドラマがある

お風呂の変遷

板の表には「わ」
裏には「ぬ」の字を書いて
店を開けるときは
「わ」の字を出して「沸いた」
店を閉めるときは
「ぬ」の字を出して「抜いた」
と洒落込み
それを看板にしたのは江戸時代のお風呂屋さん

今はその看板も消え

代わって日帰り温泉風呂の花盛り
電気風呂　野天風呂　打たせ湯にかけ流し
遠赤外線サウナに日替わりのハーブ風呂
料金奮発すれば岩盤浴からエステにマッサージ
風呂から出れば酒にビールのお食事処

でも何か変だ

広い天窓からは空が見えるが
壁には富士山の絵もなく
鍛えた喉で浪曲唸るお兄《あにい》さんの姿もなく
壁を隔てた女湯からは
話し声も聞こえない

「はいよ」と
男湯から女湯へ
ほうり上げた石鹸が行き来することもなく
他人行儀を絵に描いたように
みんなマイペースで湯に浸かっている

Ⅲ

裏切り

可愛い可愛いと
欲しくないものまで
孫に買い与えていたお婆ちゃんが
孫から金をせびられるようになった

目の中へ入れても痛くなかった孫が
目を合わせるだけで痛くなった

無心を断ると逆上した孫に
首を締められ殺された

先のことは
分からない孫の自慢話などは
止めた方がよい

ピカソ

パンツ一つで絵筆を握り
キャンバスの前を行ったり来たり
そんなピカソの映像を観たことがあったが

さすが大物
撮られていることに動じない

毒された常識を破壊するピカソの絵には
大胆な子供が棲んでいる

悲しいこと

ドタバタ劇に笑い転げ
花見に浮かれている間にも
イラクでは空爆で命が失われてゆく
どうしようもない苛立ち

洋上の夜明け

私はいま洋上の船にいる
東京・竹芝発・式根島への船旅
暁
　光の中から海が現れ
　光の中へ海が隠れ
　霧の中から島が現れ
　霧の中へ島が隠れ
海を海にする
プリズムの妖精
甲板を濡らす七色の霧の雫

残像

テレビ番組
渡辺篤史の建物探訪
映し出された浴槽の天窓
あっ　鳶が舞っている

きらめく海

ヨットハーバーの突堤に腰を下ろし
港を行き交うヨットを描く
ヨットと言えば
クレーの絵が眼に浮かぶが
明るく軽やかな
デュフィの絵が好きだ
三角の帆は流れる風で形を変える
素早く絵筆を走らせ
色をつける
〈飴色の海に詩人となるヨット〉

災難

鯨が浜に打ち上げられた
「大きいことはいいことだ」
というＣＭがあったが
そうとばかりは言えないようだ

ためらう

宇宙から眺める地球は
マリン・ブルーの星らしい

ブルーを表す絵の具には
コバルト・ブルー
セルリアン・ブルー
プルシャン・ブルー
コンポーズ・ブルー
ウルトラマリン
など色々だが

目の前の海
ためらいながらチューブを絞る
ゴミなんか
さらって行くな　波よ波

おでん

広辞苑には「おでん」の「でん」は
「田楽《でんがく》」の略とある
おでんと聞くだけで寒さが吹き飛ぶ
玉子　半片　大根　こんにゃく　ちくわぶ
雁もどきに薩摩揚げ
出し汁が染み込んだ具はどれも美味しい
一杯やりながらの屋台のおでんもよいが
家族で鍋を囲み　つつきながらのおでんもよい
健康に過ごせた一年に感謝し
新しい年を迎える

振る舞い

背中から鑑《かがみ》が消えて
街にざわめく不整脈
恥じらいもモラルも
常識も通じない

「衣食足りて礼節を知らず」
とは　このことか
耳を塞《ふさ》ぎたくなることばかり

叩く

また　マグマが噴き出した
真夏の強い日差しが照り返す午後二時過ぎ
打ち合わせをしたかのように
高層のベランダのあちらこちらで
布団叩きで布団を叩く音
ストレス発散にはよいが
叩かれる布団はたまったものではない
幸せなら布団叩きは程々にせよ

ハヤトウリ

秋が深まってくると
木の枝に絡まりながら
あちらこちらに
ハヤトウリが長い細い蔓の先に宿り始める

毎年家では食べきれないほど実るので
隣近所に配っているが
どうしてあんなに重いものが
ぶら下がっているのか不思議だ

鉛筆

鉛筆削りに食べられていく鉛筆
悲鳴とともに芯が尖る
書こうとして少し力を入れたら
三角帽子の先が折れた

消しゴム

間違える度に
指に掴まれ
消しゴムは体中こすられ
ダイエットを強いられている

いのち

落ち葉を手のひらにのせ
葉の裏と表を眺めていると
葉っぱのフレディと
ダニエルの会話が聞こえる

かすみ草

かすみ草というと大人は
脇役にしてしまう
かすみ草は
何と言うか
かすみ草に聞いてみよう

葛藤

足元おぼつかなく収集日に
大きなゴミ袋を提げて歩いていると
後ろから歩いてきた若者が
序《つい》でだからとゴミ袋を持って
ゴミ集積所まで運んでくれた

世間には「親切な人がいる」なと
有り難く感謝する
燃やすゴミ　燃えないゴミと
ゴミの仕分けは大変だが

頭の体操だと思って精を出す
地上デジタル化で
まだ映るアナログテレビを捨てたが
捨てるそばから物が溜まっている

「もったいない」という日本語で
環境保護を訴えたのは
ケニアのノーベル平和賞受賞者
ワンガリ・マータイさんだが
それとは逆に断捨離という本が
ベストセラーになった
地位や名誉には執着しないが
物不足の時代を体験した者には
まだ使える物は簡単には捨てられない

モノを最後まで使い切る行為と
捨てるという行為が
心の中で葛藤している

あとがき

横浜の川柳誌「路」の同人に推挙された昭和三十七年、何となく詩も書きたくなって第八回勤労者文芸コンクール（神奈川県労働部労働福祉課・主催）の「詩の部」に応募してみた。

その時は、佳作で氏名と題名しか載らなかったが、翌年からは、誌上に詩が掲載されるようになり、五年目には第三席、翌年には第一席を受賞した。コンクール「詩の部」の選者は詩人で横浜国大経済学部教授の井手文雄先生で、そのコンクールには、現・よみうり文芸神奈川県版川柳選者の瀬々倉卓治氏も常連の入選者であった。やがて瀬々倉氏が世話人になり、井手文雄先生を囲む詩の勉強会（後に天の会と名称が決定）が生まれた。十数年続いた会だが、先生が体調を崩し、休会、自然消滅となり解散した。

　その後は、生前、先生の紹介で（昭和四十三年）同人になった「掌《て》」詩人グループ・代表・志崎純発行の詩誌「掌」が私にとって唯一の詩の発表の場となった。

　詩集はこれで五冊目だが、平成十年に刊行した四冊目の詩集に収録しなかった二編と、その後に「掌」を中心に発表した七十編の詩の中から、四十三編（計・四十五編）を選び、Ⅰ部、Ⅱ部、Ⅲ部にまとめてみた。詩の配列は時系列ではない。そのため「初出一覧表」を作成した。

　詩集上梓に当たっては、「新葉館」の竹田麻衣子さんにお世話になった。厚くお礼を申し上げる。

平成二十五年四月吉日

著　者

初出一覧表

作品名	発表年月日	詩誌等
Ⅰ		
桑の実	平成19・11・1	詩誌「掌」135号
忍者もどき	〃24・11・1	〃145号
百鬼夜行	〃13・5・1	〃122号
春の日に	〃5・8・15	そんじゅり12号
春彼岸お中日	〃19・5・1	詩誌「掌」134号
マイナスイオン	〃16・11・1	〃129号

痛む	〃　15・11・1	〃　127号
共存	〃　11・7・1	「ポエム横浜」'99アンソロジー　横浜詩誌交流会
自然体	〃　11・11・1	詩誌「掌」119号
乱舞	〃　11・11・1	〃　119号
秋短章	〃　8・11・1	〃　113号
無くなる	〃　20・11・1	〃　137号
蝸牛《かたつむり》	〃　23・6・1	〃　142号
長梅雨	〃　17・8・27	「ポエム横浜」'05アンソロジー　横浜詩誌交流会
歓声	〃　17・11・1	詩誌「掌」131号
秋	〃　17・11・1	〃　131号
朝のひととき	〃　16・5・1	〃　128号
好日	〃　18・11・1	〃　133号
栗鼠《りす》と雀	〃　17・8・27	「ポエム横浜」'05アンソロジー　横浜詩誌交流会
爛漫	〃　11・5・1	詩誌「掌」118号
星座	〃　15・7・25	「ポエム横浜」'03アンソロジー　横浜詩誌交流会

II			
一九九八年師走	平成10・12・5	季節の詩《うた》	神奈川新聞掲載　横浜詩人会
ちょっと失礼	〃18・9・17	詩の画廊	神奈川新聞掲載　横浜詩人会
東都川柳長屋連寄り合い	〃22・5・1	詩誌「掌」	140号
ある映像	〃12・5・1	〃	120号
ひまわりのタネ	〃24・5・1	〃	144号
楽屋	〃25・5・1	〃	146号
お風呂の変遷	〃20・5・1	〃	136号
III			
裏切り	〃18・5・1	詩誌「掌」	132号
ピカソ	〃18・11・1	〃	133号

悲しいこと	〃15・5・1	〃126号
洋上の夜明け	〃24・9・9	旅人のうた(49) 神奈川新聞掲載 横浜詩人会
残像	〃14・5・1	詩誌「掌」124号
きらめく海	〃21・10・25	港の詩《うた》(20) 神奈川新聞掲載 横浜詩人会
災難	〃14・5・1	詩誌「掌」124号
ためらう	〃11・5・1	〃118号
おでん	〃20・12・20	食卓の詩(75) 神奈川新聞掲載 横浜詩人会
振る舞い	〃13・11・1	詩誌「掌」123号
叩く	〃18・5・1	〃132号
ハヤトウリ	〃17・11・1	〃131号
鉛筆	〃19・10・14	「ポエム横浜」'07アンソロジー 横浜詩誌交流会
消しゴム	〃19・10・14	「ポエム横浜」'07アンソロジー 横浜詩誌交流会
いのち	〃17・11・1	詩誌「掌」131号
かすみ草	〃17・5・1	〃130号
葛藤	〃23・11・1	〃143号

【著者略歴】

堀井　勉（ほりい・つとむ）

昭和８年２月28日　神奈川県横須賀市に生まれる。
景勝地、横浜市金沢八景で育ち現在に至る。

詩を井手文雄、川柳を中野懐窓に師事。

所属　詩誌「掌」同人、横浜詩人会会員、横浜詩誌交流会委員
川柳路吟社同人、東都川柳長屋連店子
ＮＨＫ学園川柳講座講師、神奈川新聞柳壇選者

詩集　昭和49年「雪の朝」（掌詩社）、昭和59年「点描のプリズム」（近代文藝社）、平成３年「遠ざかる海」（近代文藝社）、平成10年「パステルカラー」（葉文館出版）

句集　昭和41年「今日を生きる」（柳文社）、昭和61年「恋のように」（日本図書刊行会）、平成21年「川柳作家全集　堀井勉」（新葉館出版）

現住所　〒236-0031　横浜市金沢区六浦2-5-33

万　華　鏡

○

平成25年6月27日　初版発行

著　者

堀　井　　勉

発行人

松　岡　恭　子

発行所

新　葉　館　出　版

大阪市東成区玉津１丁目9-16 4F　〒537-0023
TEL06-4259-3777 FAX06-4259-3888
http://shinyokan.ne.jp/

印刷所

亜細亜印刷株式会社

○

定価はカバーに表示してあります。

ISBN978-4-86044-492-1